훔치며 사는 세상

훔치며 사는 세상

초판 1쇄 인쇄일 2023년 03월 17일
초판 1쇄 발행일 2023년 03월 30일

지은이 고기택
펴낸이 양옥매
디자인 표지혜 박예은
마케팅 송용호
교　정 조준경

펴낸곳 도서출판 책과나무
출판등록 제2012-000376
주소 서울특별시 마포구 방울내로 79 이노빌딩 302호
대표전화 02.372.1537　**팩스** 02.372.1538
이메일 booknamu2007@naver.com
홈페이지 www.booknamu.com
ISBN 979-11-6752-276-4 (03810)

:: 고기택 제3시집 ::

훔치며 사는 세상

고기택 지음

오늘 나는 또 가슴을 훔치는 도둑이 될 생각이야

그게 너일지도 몰라

세 번째 시집을 낸다.

더하지도 않고 빼지도 않고, 아침에 썼던 이야기들을 있는 그대로 여기에 옮겼다. 혼자 퇴고하면서 다시 읽으며, 그날의 이야기들을 추억으로 떠올리고, 여러 가지 생각을 하게 한다.

나의 이야기도, 친구의 이야기도, 삶의 이야기도, 부모님과 형제에 관한 이야기도, 그때 그 글을 쓸 때의 가슴은 아려 오는 것들이 있어 있는 그대로를 썼다.

나의 이야기는 다른 사람이 이야기와 다르지 않고, 당신의 이야기가 여기에 같이 숨 쉬었으면 좋겠다. 같은 시대를 살아가는 친구이기에….

2023년 봄에

고기택

차 례

1부   나에게 쓰다 만 편지

2부   사랑하는 사람아

3부 　　　다시 그날이 오면

4부   같이 간다는 것

나에게 쓰다 만 편지

기억 저편에서 울고 있는

한 글자 한 글자가 부둥켜안고

지워지는 두려움에 떨고 있던

차마 마무리하지 못했던 이야기

너에게 하고 싶은 말

어제
너에게 색깔을 말했어
너는
빨주노초파남보
예쁜 무지개색이야

너, 이것 아니?
색을 모두 합치면 검은색이 되고
빛은 하얀색이 된다는 걸

오늘
네가
검정 도화지를 만들어 봐
내가
하얀빛으로 글씨 하나 써 볼게

훔치며 사는 세상

이렇게

너는
정말 멋진 사람이야

왕벚꽃나무

제주의 아침은 왕벚꽃나무가 열었다
하얀 꽃잎이 눈을 가득 품고
거리에서 한라산 중턱까지

그리운 내 고향 제주
다음 주면
제주대학 교정에서 전능로 거리까지
하얗게 만개할 예쁜 꽃

봄소식 가져오는 마라도
바람 하나 달고 섬에 오르면
처녀 아이 가슴 설레게
동네 총각 휘파람 불며 꼬드기겠지

훔치며 사는 세상

노을이 피면 하얀 들판이 되고
친구들 거기 모여 한잔할 때
내 애기하면 귀 간지럽겠다

하얀 잎 술잔 위에 익어 가겠지
나도 따라 익고

겨울 바다

나는 산보다 바다가 좋아
이유는 모르겠지만
넓은 바다가
내 놀이터란 추억 때문이 아닐까 싶어

그중 겨울 바다가 좋아
그곳에는 숨겨 두었던 것들이 많아
그래서
그런가 봐

겨울에
눈 내리는 바다를 바라보면
모든 잡념이 사라지고
걸어온 길을 생각하게 해 줘
그게 좋은가 봐

홈치며 사는 세상

겨울 바다 하면

난 내 고향 탑동*이 생각나

방파제서 친구들이랑 소주를 마셨지

한일소주**

지금은 이름이 바뀌었어

안주는 수박 한 덩어리

그래도

그때 술맛이 지금까지 최고야

내년에는 꼭 가 볼까 해

거기 숨겨 두었던

철부지 때 추억을 꺼내야 해서

찬바람 불어 가슴에 파고들면

초롱초롱 맑은 눈망울

키 작은 아이가 거기 있을 테니까

멀뚱 키 큰 아이 둘

나랑 도토리 키 재기하는 아이 둘

중간쯤 되는 아이 하나

그렇게 여섯이었지

* 탑동 : 제주시에 서부두에 있는 마을 이름.

** 한일소주 : 제주도에서 생산했던 소주로 지금은 한라산으로 이름이

   바뀌었음.

이랬으면 좋겠다 1

개나리 피고
벌 나비 날아들면
봄은 따라오는 줄 알았다

처녀와 총각 짝하여 노래하고
네온사인 불빛에 맞춰 춤추면
봄은 그 사이에서 익는 줄 알았다

세상을 덮은 바이러스에
겨울은 끈질기게 버티지만
언제나 그랬듯
지나가리라 믿고
간절하게 바라며 하루 더
기다린다

동장군이 떠난 봄이 아니라

가슴에서 피어난

봄이 왔으면 좋겠다

아이들 뛰노는 학교 운동장에

까르르 웃음소리

퍼졌으면 좋겠다

비행기 타고

하와이로 가는 사람

유람선 타고

세계 일주하는 사람

세상 소식 전해 주면 더 좋겠다

훔치며 사는 세상

산과 들에 넘실거리는

사람 물결

아침저녁 뉴스에 가득하면

마스크 벗고

벚꽃놀이 떠나가 보게

안부를 묻는 이유

먼저 소식을 전하는 것은

당신을 사랑하기 때문이 아닙니다

당신의 사랑을 받고 싶어 그렇습니다

안부를 묻는 것은

당신이 잘 있다는 것을

확인하는 것이 아닙니다

내가 잘 있다는 것을 말하는 것입니다

월요일에 글을 쓸 때

주말에 뭘 했는지 말하지 않는 것은

당신이 지난 주말에 뭘 했는지

알고 싶지 않아서가 아닙니다

먼저 물어 주길 기다리고 있었을 뿐입니다

훔치며 사는 세상

스치는 사람에게

안부를 묻지 않습니다

나에게 당신은 소중한 사람이듯

나도 소중한 사람이기를 바라기에

안부를 묻습니다

벚꽃 찬가

노란 개나리 필 때면
질세라 하얀 꽃망울 고운 자태
눈송이 시샘하도록 피어나는 꽃

사군자 우두머리 매화가 피면
먼발치서 바라보다 수줍게 고개 들어
아침 이슬 머금고 만개하는
마음이 아름답다고 뽐내는 꽃

봄 아가씨 가슴에
예쁜 이야기 만들었다가
건넛마을 총각 나들이하면
꼬리 살랑 흔들어 유혹하듯
바람에 하늘거리는 웃음 가득한 꽃

훔치며 사는 세상

아픈 추억이 있어도

생각나는 사람이 있어도

아침에 바라보면 싱그럽고

점심에 보면 화사하다가

저녁이면 노을 따라 노랗게 물드는

어머니 품속같이 포근한 꽃

너를

제주 비바리는 왕벗꽃이라 하고

진해 아가씨는 벗꽃이라 했다

어린 왕자

코끼리를 삼킨 뱀을 보고
모자라고 대답하는 사람들

자기가 보는 것만 믿으려는 고집

어린 왕자가 비행사를 만나기까지
수많은 별에서 경험했던 이야기

중요한 것은
보이는 것이 전부가 아니라던
어린 왕자
본 것만 믿으려는 사람들에 눈물 보이고
밤하늘에 자기가 있을 거라며
지구를 떠난 어린 왕자

아이들의 순수함을 기다린다면

훔치며 사는 세상

나도 어린 왕자여야 하는데
어린 왕자처럼
상자 속에 양이 있다
말하면 믿어야 하는데
열어 보면 믿는다고 인정만 해도
어린 왕자가 밤하늘에서 웃을 텐데

있는 그대로를 본다는 것이
숨겨진 내면이 아니라는 것을
잊으며 살아가는 것일까
가슴에 어린 왕자를 두지 못한다

어른들은 몰라요
아무것도 몰라요

마음이 아파서 그러는 건데

문득 오늘 아침에 이 동요가

가슴에 다가와 앉았다

4·3 사건이라 말하지 마오

1948년 4월 3일
내 아버지 14살 때
밤마다 산으로 피해 다니셨다는
한라산 중턱 어디쯤
이름 모를 백골 하나 울고 있을 터

모여라, 학교 운동장에 모인 사내들
알았으랴, 그날이 생을 마감하는 제삿날이란 걸

강산이 바뀌어 호적에 올라간 빨간 줄이
자식 놈 나랏밥 먹지 못하는 올가미 되어
따라다닐 줄 알았으랴

총성이 울려
심장을 스치고 머리를 스칠 때
짧은 순간 생각났던

노모와 사랑하는 아내 그리고 아이들
그 심정을 누가 알랴

이제, 그 아이들 할머니 할아버지 되고
곱디고운 아내는 한라산 중턱에 누워
눈이 오면 서러움에 울고
꽃피는 봄날에는 눈물마저 말랐어라

산기슭 영혼의 목소리 들어 보시오

여보시오, 착하게 살았던 게
뭐가 그리 큰 죄란 말이오
중학생 외증손자가 할아버지께 쓴
애달픈 편지에 화답하시오
그 멍울 풀어 주시오

그들은, 대한민국 남쪽 나라 탐라에서

착하게 살다 간 백성이기에

원한 맺힌 그 설움

기나긴 올가미를 벗겨 주시오

그게 진정 백성이 살아가는 나라외다

4·3 사건이라 말하지 마오

(2021년 2월 26일 여여 합의로 4·3특별법이 국회 본회의 통

과되었다.)

하늘을 보자

울적할 때는 하늘을 보자
가슴에 응어리진 것
파랗게 하늘에 묻혀 지워지도록
단 일 분만 하늘을 올려다보자
삼백육십오 일 살면서
넓고 푸른 하늘 몇 번이나 보았으랴

구름 한 점 없는 하늘에
이야기 가득 채워 놓았다가
먹구름 들어 빗방울 떨어질 때
예쁜 사연 하나 주어 가슴에 담게
푸른 하늘을 보자

훔치며 사는 세상

어제는 생각하지 말고

오늘은 뭐 할 것인지 고민하지 말고

그냥, 하늘을 보자

바람 불어 볼 간지럽히고

두 눈에 눈물 고이면

아련한 추억이 피어날 거다

삶이란

살면서
좋아하고 미워하며
가끔은 싸우며 사랑하고
그렇게 정들어 갑니다

어떻게 살았나 생각해 보면
머리를 스치는 여러 가지 일들
남들에게는 그저 그런 것이지만
힘들어 버틸 수 있을까 생각도 했지요

사실 다들 그렇게 살아가는데
남이 떡이 커 보였던 것을
부정도 긍정도 하지 못합니다

마음이란 것이
틀에 박혀 있지 않고

호리병 생김새에 따라 변하는 거라
변덕이 심하기도 합니다

그렇게 살다 보니
인생은 이렇구나 느끼고
아직도 철이 없다 반성해 봅니다
그런 날에는 어머니 얼굴이 떠오르지요
인자한 미소가 가슴으로 옵니다

몸이 옛날처럼 움직이지 못할 때
나이를 먹었다고 느끼게 됩니다
사실,
지금이 가장 젊은 날인데
스무 살 그때를 생각하나 봅니다
훗날에 오늘이 그리워질 때는
이렇게 쓰고 싶습니다

삶에는 연습이 없어

그때는 그게 최선이었어

후회가 남는 것은 잘못이 아니라

눈물 나는 과정이었어

훔치며 사는 세상

아이야

아이야,
꽃이 피거든 나에게 소곤거려라
벚꽃 떨어지면 봄이 익어 간다고
잎이 파랗게 돋아 나오면 속삭여다오
사랑하는 사람 손 내밀어 다가온다고

아이야,
꽃피고 산새 울거든 소곤거려라
푸르른 젊은 날에 꿈꾸던 세상
가까이 더 가까이 다가온다고
내가 함박웃음 지으면 속삭여다오
네가 있어 세상이 아름답다고

아이들아, 오늘이 있어 우린 행복한 거야

내일은 살아 보지 못한 하루지만

또 다른 세상으로 우릴 기다릴 거야

그걸 희망이라고 해

진달래

그리우면
찬란하게 꽃 피우지 마라
떨어지는 날 흘릴 눈물 서럽다

오월이 오면
네가 보고 싶어
가슴 깊게 생각하지 아니하련다
헤어질 때 시린 가슴이 두려워서

하얀 벗꽃
봄비 머금고 떨어져
너의 빨간 입술에 입맞춤하면
서럽다 울지 마라

파란 새싹 옹알이 소리

붉은 태양 중천으로 뜨면

아지랑이 만들어 다가올 거다

철쭉이 너 따라 꽃피울 거다

高氏 할망 1

기어 다니다 걸음마를 배우고
파란 청춘에 사람 만나 가정 만들고
일하랴 아이들 키우느라
손등이 거북 등 되도록 바삐 보내 버린
덧없는 청춘
세월 흘러 돌아보니
아이들 둥지 틀어 다 떠나고
홀로 남아 늙었구나
그게 당신이었어라

거동 힘들고, 이제 몸을 맡기는 신세
지팡이를 짚고 한 발짝 떼지만
그것조차 버거운
이게 늙어 가는 당신 모습이었어라

어머니 배 속에서 나와

처음 배웠던 것이 돌아눕는 것

그다음 기어 다니는 것

다시 그럴 날이 얼마 남지 않았구나

굵은 주름에 검버섯 가득

이제는 딸보고 언니라 하네

그게 당신이었어라

알았으랴, 그 젊은 시절의 고운 꿈

알콩달콩 살다 나이 들면

누구보다 곱게 늙어 손주 손녀 용돈 주며

자식 손에 기대지 않고 살다

북망산 저승사자 부르면

서러움 내려놓고 떠날 거로 생각했는데

그게 그리되지 않음을

훔치며 사는 세상

내가 늙어 그 나이에
아들보고 아저씨라 부르면
내 아이 나에게 무슨 대답 할까

어제도, 그제도
서러운 늙은이 창문 너머 하늘 보네
먼 훗날에 내가 볼 하늘
오늘도 한스럽게 올려 보는 사람
그게 당신이었어라

高氏 할망이었어라

훔치며 사는 세상

나에게 없는 것을
너에게 찾는 도둑이 되어
어제 하루가 행복했다면
몇 년을
콩밥 먹어야 할까
기쁨을 훔친 사람이
그랬다는 얘기가 없는 걸 보니
가슴 졸일 필요는 없구나

때로는 너도
나 몰래 내 얼굴 보며
몰래 훔쳐 간 미소는
너에게 행복한 하루를 만들었겠지

세상은 그런 건가 보다
서로 훔치며 살아가는
도둑놈이 있어야 밝은 빛이 비치는
세상인가 보다

오늘 나는 또
가슴을 훔치는 도둑이 될 생각이야
그게 너일지도 몰라
너도 몰래 훔쳐 봐
콩밥 먹을 걱정은 말고

母情

세월이 흘러
무뎌진 옛 기억을 찾아
물끄러미 창틀에 기대어 서면
아지랑이 피어나듯
하나씩 모습을 갖추며
그 사람은 나에게 왔다

아침에 눈을 뜨고
신발을 신어 문을 나설 때
어제 마무리 못 했던 것을 생각하는데
문득,
오늘 또다시,
그 사람이 가슴에 왔다
왜 그랬을까

술 한잔할 때면

훔치며 사는 세상

가장 먼저 옆에 와 있었던
그리운 사람
눈물이 날 것 같은데
누구에게 말하지 않는 것은
미안한 마음이 너무 많아서
다하지 못했던 것이 많아서

그리운 사람은
그리워하는 사람에게
그리워할 까닭을 말해 주지 않는다
그리움은 이유가 없기 때문이지

한겨울에
이불에 곱게 묻었다가
꺼내 주셨던 보리밥 한 공기

그때는 몰랐다

당신의 사랑을

보리밥 한 공기에 쏟은 사랑을

그때는 정말 몰랐다

철없는 아이어서

父母

그렇습니다

아장아장 걸음마를 하고
손수건을 가슴에 달아
초등학교 입학하던 모습까지가
당신을 미소 짓게 했던 것이
孝의 전부였는지도 모릅니다

부모가 되어 아이들 키우며
이제야
당신의 마음을 느끼며 살아갑니다
북망산에 당신을 묻고 나면
그때쯤에야 느끼게 될지 모르는
철없는 자식입니다

요즘은 이렇습니다

늙어 대소변 못 가리면
요양병원에 모시는 것이
부모에 대한 孝가 되었습니다

끝까지 모시는 효자도 더러 있지만
몇 년, 몇십 년 모시다가
더 이상 모시기가 힘들어지면
그렇게들 하고 삽니다
자식에게 누가 될까 봐
스스로 그렇게 하기도 하고요
이도 저도 못 하면
형제끼리 부부끼리 아웅다웅하며
돌아가면서 모시기도 하지요

지금
당신은 혼자 살아갑니다

훔치며 사는 세상

모시겠다고 자식들이 말씀드려도

아직은 때가 아니라

나중에 거동 못 하면

그때쯤에 모셔 달라고 하셨습니다

자식에게 조금이라도

마음고생시키지 않으려는 것이

당신 마음이라 생각합니다

제가 나이 더 들어

아버지 나이가 되면

당신 마음을 가슴으로 느껴

비가 오면 울어 대는 청개구리가 되겠지요

가끔 그리움에 눈물 흘리겠지요

당신도 그랬나요

할아버지 할머니 전부 보내시고

그 자리에 올라

비가 오면 눈물 흘리셨나요

저승에서 빚 받으러 온

자식들 전부 키웠으면

키워 준 값 받으며 살아도 짧은 시간인데

이제,

힘이 들면 힘들다고 하세요

할 수 있을 만큼만

당신에게 갚으며 살겠습니다

내일은 어버이날입니다

당신에게 행복한 날이어야 하는데

몇 푼 안 되는 용돈 보내 드리고

할 만큼 했다고 생각해도

미워하지 않을 당신이란 것을 압니다

훔치며 사는 세상

민들레 홀씨 남기고 떠난 어머니도
그랬으니까요

훗날, 똑같이
제 자식에게 돌려받을 나도
부모라는 이름으로 살아갑니다
저 역시,
저승에서 빚 받으러 찾아온
당신의 아픈 구석입니다

(아버님은 2021년 4월 15일, 저희 집에서 하루 주무시고 세
상을 등지셨습니다.)

오월의 상념

꿈에
하얀 백사장에 남겨진 나를 보았다
왜 그랬을까

그 옛날
푸르른 날에
청춘은 무엇에 그리 매달렸는지
생각해 보면 그 시절의 생각은
가벼운 초로만큼도 아니었는데
그토록 눈물 흘리며
상처를 만들었을까

시간이 더 흘러
흰머리에 미소 짓고
멍한 생각에 고뇌하는 가슴은
인생이란 길 위에 남겨질 것에 대한

두려움에 떨고 있는 것인지
높은 하늘을 올려 보니
푸르른 만큼 겁이 덜컹 난다

내가 힘들면
남도 힘들 것이란 것에
선뜻 동의하지 못하는 이기심은
못난 사람이라서 그렇다고 말하고
아침에 햇살이 위로해 주면
그때는 웃자
푸르른 날에 빠져 웃자

누구를 만나도 웃을 수 있게
준비한다는 것에 기꺼이 손을 들고
바이러스가 지나가면
시원한 바다로 떠나 보자

나에게 쓰다 만 편지

젊은 날에 썼던
다이어리를 들춰 보니
쓰다 만 편지가 있습니다
부치기가 무서워 쓰지 못한 편지

기억 저편에서 울고 있는
한 글자 한 글자가 부둥켜안고
지워지는 두려움에 떨고 있던
차마 마무리하지 못했던 이야기

설움은 눈물로 떨치어 버리지만
아픈 가슴은
쉽게 치유하기 어렵다는 것을
지나친 나의 감정의 모순이라 하면
너무 큰 변명이겠지요
용서는 받는 것이 아니라

내가 편하기 위한 구실이라 생각합니다

그때 쓰다 만 편지에는
이해해 달라는 말을 적었습니다
상처가 진주를 만든다는 것에
나의 변명도 묻혔습니다

많은 시간이 흐른 뒤에
내 모습을 보면서
이미 많은 것을 망각했다는 것에
나는
긴 한숨을 쉬었습니다

다시 돌아간다면
마무리된 편지를
나에게 보낼 수 있을 것 같은데

2부

사랑하는 사람아

여름에 맨드라미 피면

산과 들에 펼쳐진

화창한 나날에 입 맞추며

아련한 옛 추억에 젖어 보자

늙어 간다고 울지 마라

긴 터널을 지나왔니

헤엄치는 돌고래가 보고 싶었니

꿈을 꾸면
그것에 빠질까 고민했니

이렇게 늙어 가는 것을
힘겨운 세상이라 치부책에 적으면
흘릴 눈물에 안도하며 한숨이 되었지

모두
그렇게 늙어 간다고
말하면 두려움이 없어진다 말하며
슬퍼하지 마라
울지도 마라

짧은 여행을 하고 떠난 사람은
울다 지친 시간이
아쉬움 되어 녹아들었어
그러니
울지 마라

여기까지 왔다는 것을
하얀 종이 꺼내 들어
거기에 적어 봐

아이는 어른이 되고
어른은 노인이 되고
노인은 다음을 준비하며 꿈을 꾸지
젊었을 때 꾸었던
파란 꿈 말이야

우리는

예쁘게 늙어 가는 중일 거야

그러니 울지 마라

지혜

가슴을 너무 열면
다가와 말 건네는 이 많아
힘듭니다
그렇다고 닫아 버리면
그 사람 눈 흘기며
떠나갑니다

열어 주기도
아예 닫기도 어려울 때
사랑하는 사랑에게는
한 발자국
미워하는 사람에게는
두 발자국 다가설까 합니다
내 마음을 여닫는 것보다
그게 훨씬 쉽게 세상을 살게 하겠지요
마음이란 창은 그렇게 간사합니다

침묵이 금이라면

표현은

아마도

다이아몬드겠지요

다가서다 뜨거우면 물러서고

차가워지면 다가서면서 사는 게

갑 속에 든 칼이지요

사랑한다는 말은

한 번만

미안하다는 말은

여러 번 하면서 살아 보렵니다

오늘

내가

당신의 칼을 훔치는 도둑이 되면

알고 있어도

모른 척해 주세요

그늘

살아오면서
나는 누구에게 그늘이 되어
흐르는 땀방울 식혀 주었을까

내가 쉬어 갈 수 있게
넉넉한 가슴 한구석 내어 주고
그만큼 생겨나는 공허함을 뒤로하면서
밝은 웃음으로 보듬어 주었던 고마운 사람들

처마 그늘, 나무 그늘 만들고
양산을 펴 둘만의 그늘을 만든 사람도
내가 쉬어 가는 데는 부족함이 없는
언제든 가슴을 내준 소중한 사람들

훔치며 사는 세상

내가 그늘이 되었을 때는
한구석에 있는 애잔함을 밝은 웃음으로 말하고
잠시 쉬다 떠나는 그에게
찾아와 줘서 고맙다고 말하고 있을까

내가 만든 그늘에 사랑 이야기 심었다가
떠날 때는
꽃향기 가득한 고운 바구니 만들어 선물하고
돌아와 언제든 쉴 수 있게 준비하고 있을까

땀이 흐르면
나는 어김없이 그늘을 찾는다

친구야 훗날에

친구야
눈 오는 겨울이었지
도시는 하얀 털옷을 입었고
우린 청춘을 불태우며 돌아다녔어

뒤돌아보니
참 많은 시간이 흘렀구나
서로서로 이해하는 시간을 만들며
프로이트 안주 삼아
이상을 노래하고
겨드랑이에 날개가 돋아나길 바랐는지도 몰라

이제,
서로의 그늘에 앉아
산들바람 살짝 불면
서로 어깨 기대어

꿈을 바라보는 나이가 되었다는 것에
우리는 엷은 미소로 대꾸하는구나

하늘이 너무 푸르다
하얀 구름 짝하여 하늘에 걸려 있고
새 몇 마리가 창공을 날아다닌다
그 옛날
우리가 돌아다니던 것처럼 말이야

친구야
훗날에
더 나이가 들어 뒷전으로 물러나면
낚시도 하고
올레길도 걷고
경치 좋은 골프장에서 쉬엄쉬엄 걸으며
천 원 내기 골프도 치면서

저녁에는 자리돔에 소주 한잔하자

그때도
나에게는
네가 상큼한 향기가 되고
너에게는
내가 시원한 바람이 되면서

　　　　　　　　　　　훔치며 사는 세상

인생길 1

길을 걸었다
뛰다가 지치면 쉬다가
다시 걸었다
걷기가 힘들어 그늘에서 쉬고 있을 때
한 사람이 옆에 앉아 가쁜 숨 몰아쉰다
어디서 왔는지 어디까지 가는지
머리에는 흰머리가 보인다
나처럼

사람들이 지나쳐 간다
아까는 내가 지나쳐 왔었는데

부지런히 달리는 사람
터벅터벅 땅을 보면서 걷는 사람
조바심이 나를 억눌러
이제 가야 한다는 생각에 일어섰다

그리고 지나온 길을 돌아봤다

안개가 자욱하게 피어오르고
그 사이로 아이들이 뛰어온다
그놈들도
이 길을 걷고 있다는 사실에
헛웃음이 나오고
힘이 생긴다

짐을 어깨에 둘러메고 걷기 시작했다
옆에 다른 길을 걷는 사람이 보인다
풍요롭게 보여 큰 소리로 물었다

그 길은 포장이 잘되어 있나요

웃으며 대답한다

훔치며 사는 세상

여긴 아주 험해요
지금,
이 길만 아스팔트가 깔리고
꽃이 만발해요

거기나 여기나
비슷한 길이란 생각에
피곤함이 다소 풀렸다
오르막 경사와 내리막 경사가 궁금했지만
묻지 않았다
사람들은 자기 처지에 과장이 심해
신뢰하지 못하는 나쁜 버릇 때문이다

내가 가는 방향과 선택한 것에
후회를 남기는 것은
슬픈 일이다

이 길은

내가 가고 싶어 걸어온 길이기 때문이다

걸어오면서 느낀 것은

게으르면

나태해지고

머물러 있으면

뒤처진다는 것

그리고

부러워하지 말아야 한다는 것

다시 걷자

끝이 보일 때까지

가면

울지 않는 사람은
눈물이 없어 울지 않는 것이
아니랍니다

웃지 않는 사람은
웃기는 것에 무뎌진 것이
아니랍니다

진짜로 슬플 때
모두가 웃을 때
울지도 못하고 웃지 못하는 사람은
당신의 눈물을 보지 못했고
입가에 드리운 미소를
보지 못했기 때문입니다

억지로 울어도

억지로 웃어도

그걸

슬픔이라 말하고

기쁨이라 한다면

나는 당신 앞에서 웃고 우는

피에로가 될 수 있습니다

손뼉을 치거나

손수건을 준비하는

천박한 행동은 절대 하지 마세요

내 눈물은 보이지 않고

내 미소는 가벼운 호흡으로

거기까지만

있을 겁니다

훔치며 사는 세상

내 마음이 울고 웃을 때

당신도 울고 웃는 날에

그곳에 있을 겁니다

어제처럼, 당당하게 가면을 쓰고

그리운 사람

그날 아침이 지금도 생생합니다
배에 몸을 싣고
타향으로 떠나는 아들놈은 처음이라
당신은 선착장 철망에 기대어
연신 눈물을 훔치고 계셨지요
난간에 서서 당신의 작아지는 모습을 보며
차마 끝까지 있지 못하고
선실로 발길을 돌렸습니다
눈물이 가득했습니다
당신이 흘린 눈물만큼은 아니었겠지요

가난한 집에 맏며느리로 시집와
병든 시어미 시중과 시동생들 뒷바라지
오일장에서 고등어 행상도 하셨지요
어찌 자식 놈이 그 심정을
천분의 일만큼이라도 이해하겠습니까

지쳐 있을 당신에게 우리는
당신이 꿈꿨던 마지막 희망이고
행복이었을 것이란 것을
아이들 키우면서 이제 조금 알아 갑니다

나이가 들어가면 갈수록
어머니 가슴이 눈에 보여
눈물 나게 합니다
자식들 모두 출가시켰으니
이제 편하게 손주들 재롱 보면서
옛이야기 도란도란하며 사실 줄 알았는데
저세상에 남겨 놓은 것이 많으셨는지
행복하게 살라는 당부를 남기고
칠순이 되던 해에
우리 곁을 떠나셨지요

내 생에
가장 슬픈 이별을 만드셨습니다
천륜이라는 당신과 나의 인연에
소중한 추억 공원을 듬뿍 남기고 가셨지요

다음 달이면
당신의 기일입니다
홀로 계신 아버님이랑
당신이 그렇게 애지중지했던 자식들은
동산에 올라 당신을 애기할 겁니다

사랑한다는 말이 부끄럽지만
달리 표현할 말이 없어 소리 내어 봅니다
언제나 보고 싶고 그리운 사람

어머니
사랑합니다

내가 하고 싶은 사랑

가슴이 아린 사람은

기대감이 깊은 만큼, 더 쓰라린 상처를

얼굴 깊은 곳에 숨기고 살아갑니다

사랑을 많이 받으며 세상을 사는 사람은

조그만 상처에도 버려진 상처라 생각하며

슬피 울며 하소연하지요

나를 아프게 한 사람이

깊은 상처가 있는 사람이라면

기꺼이 가슴 열고 받아 주며 웃으렵니다

내가 아프게 한 사람이

사랑을 많이 받은 사람이라면

나는 화를 내며 상처를 주는 사람이 되겠습니다

내가 행복해야 하는 이유는

당신이 행복해야 하는 변명과 같이

불행하다는 것도

행복하다는 것도

당신이 생각하는 것과 같다는 것을

당신은 알아야 한다고 말하고 싶습니다

생각의 차이라고 느끼는 사람은

내 욕심이 과하다고 말하지 않고

생각하며 사는 사람은

상처를 만들지 않습니다

나를 화나게 만드는 것이 당신이라면

당신을 화나게 만드는 사람은

바로 나라는 사실을 기억해 주세요

우린 서로

상처를 만들면서 살아간다는 것을

잊고 살아감을 말하고 싶은 겁니다

훔치며 사는 세상

상처는 아물어도 흔적을 남기고
수술해도 가슴에 남은 상처는
기억에서 지워지지 않는다는 것을
우린 숨기지 말아야 합니다
그것이 내가 하고 싶은 사랑입니다

나는
당신이 행복하면 행복해지고 싶고
당신이 울면 같이 울어 줄 수 있는
언제나 소중한 친구가 되고 싶습니다
그것이
내가 당신에게 상처를 주고
사랑을 주는 이유입니다

햇볕이 따가운 여름날
시원한 바람을

당신과 같이 느끼고 싶은

그런 사람입니다

사랑하는 사람아

사랑하는 사람아
꽃이 피면
여름에 맨드라미 피면
산과 들에 펼쳐진
화창한 나날에 입 맞추며
아련한 옛 추억에 젖어 보자

누군가 치는
기타 소리에 흥얼거리며
콧노래도 부르고
흐르는 시냇물에 발 담가
땀방울 닦으며
마주 앉아 웃어 보자

꽃이 피면
창문 활짝 열어 꽃향기 마중하며

굳게 막았던 가슴 구석 쓸어버리고
저 멀리 보이는 동산으로 달려가 보자
임금님 기다리던 능소화가 우리를 반기겠지

산골짜기에서 피어오르는 물안개가
당신이 생각하는 아련한 사랑이라면
나의 사랑은
아침에 바다를 덮은 해무가 바람에 날려
파란 바다가 보이는 그 순간이지
사랑하는 사람아

홈치며 사는 세상

아침 안개에 감사하고
저녁에 지는 해를 바라볼 때는
괜스레 감상에 빠져
눈물 한 방울 하며
지난 추억에 담겼던 사랑 이야기를
조심스레 꺼내 읽어 보자

곱게 늙어 가 보자
긴 입맞춤은 덤으로 하면서

아침 낙서를 쓰는 이유

어제 불었던 바람은
내 볼을 스친 후
강 건너 바다 건너 누군가의 귓가를 돌아
산자락 낙엽에서 곤히 잠든다

타인을 스친 바람이 나에게 왔을 때는
그 시작을 생각하며 시원함을 느끼지 못했다

살아오면서
눈에 보이고 귀에 들리는 것을
전부라고 묶어 버리는 실수를 인정하기까지는
긴 시간이 흐른 뒤였다

어디까지 갔을 때 되돌아와야 하는지
어느 때쯤에서 쉬어야 하는지 알았다면
지금, 이 순간에는 쉬어야 한다는 생각을

훔치며 사는 세상

내 노트에 적었을 것이다

지나와 버린 것에 미련을 두지 않았다면
삶에 대한 거친 파도에 몸을 맡기고
태평양 가운데에 도착했을 때
눈을 뜨고 여기가 어딘지 궁금해했을 것이다

비가 내리고 바람이 부는 날이면
어두워지는 들판을 바라보며
근심 하나 만들었다

다른 생각으로 걱정하는 사람을 이해하는 데는
이제 그리 오랜 시간이 걸리지 않는다
살아온 시간이 그것을 생각할 수 있게 해 줘서
그렇게 말할 수 있다

내일 쓸 아침 낙서를 지금 생각하지 못하는 것은
단 한 번도
내일을 살아 보지 못했기 때문이다

이해하며 사랑하며 살아야 한다는 것을
하루가 더할수록 느끼게 된 것에
만족한 웃음을 보일 수 있어 좋다
이제는 기대하는 것보다 인정하는 습관을
매일 키우고 있는지 모르겠다

아침은 내일도 오겠지만
내일이 되었을 때 오늘을 기억하지 않으려는
잠재적 본능이 있어 다행이란 생각을 한다
삶은 그렇게 흐르는 시간이 모여 만드는
진주 목걸이란 것을 알기 때문이다
오늘도 진주에 구멍 하나를 만들 것이다

훔치며 사는 세상

쓰지 않으면 기억에서 지워진다

그게, 내가 아침 낙서를 쓰는 이유이다

거울

내가 너의 침묵을 보았을 때
너는
나의 웃음을 보았을지도 모른다

입을 닫고 귀를 닫아 허공을 바라보는
네 모습을 보면서
나는 어제 있었던 일들을 떠올렸다

허기가 지고 목이 말라 배고프면
냉수를 들이켜던 그 어떤 시간에
그리운 이야기를 아침마다 본다

때로는
새로운 나를 보기 위해
미친놈처럼 소리 내어 웃기도 했지
너를 보며 실망도 하고

훔치며 사는 세상

안쓰러워 볼을 만질 때
나는 거기 서 있는 낯선 타인이 되었고
눈가의 주름과 검게 변한 얼굴을 보다
고개 숙여 한숨을 쉬었지
내 모습이 어색했기 때문이다

인생은 살아온 것이 아니라
살아가는 순간이 전부라는 것에
물음표를 달지 않아야 한다는 것을
너는 나에게 말해 주었다

세수하고 나면 너를 닦았다
나를 지우고 싶은 것이 아니라
밝은 생각을 하기 위해
너에게 비친 내 모습에
말하고 있었던 것이었다

오늘 아침에도 너를 마주하고
비친 내 얼굴을 보았다
내가 너를 본 것이 아니라
네가 나를 보고 있음을 느낄 때
거짓말을 해야겠다고 생각했다

내가 무슨 말을 하든
숨겨 둔 이야기는 보여 주기 싫었다는 것을
네가 알아주기를 바라면서

오늘이 제일 젊은 날

누군가는 태어나고
어떤 이가 죽어 가는 시간에도
시냇물은 흘러 바다를 향해 떠나고
거우내 쌓였던 눈은 녹아 대지를 적신다

모진 바람 불어 창문을 흔들고 나면
햇살은 고요한 아침을 간지럽히고
따가운 태양은 이슬을 삼켜 중천에 뜬다

우리는
이렇게 흐르는 유년기를 보내고
청춘이란 배를 만들어
노를 저으며 익어 왔다
어디까지가 청춘이냐 묻는다면
어디에서 찾아야 할까
꿈이 살아 있으면 청춘이지 않을까

가득 담았던 소중한 꿈 다발 하나둘 펴 보며
이루지 못했다면 그럴 만한 변명을 하고
빙그레 웃을 수 있으면 된다

아직은 여유라는 놈이 가슴에 있어
시간이 허락하는 날에 하겠다는 믿음이 있다면
그것으로 우린 젊다는 것이다

누구를 위해 살았다고
떠들지 말자
나를 위해 살았다고 떳떳하게 말해도
나무랄 사람이 없다는 것을 알아야
세상이 아름답다 말하고
인생은 살아 볼 만하다 말하지 않을까

훔치며 사는 세상

행복하기 위해 태어나서

사랑받으며

이 세상을 찾은 손님이라면

눈치 보지 말고

하고 싶은 것 하며

오늘만큼은 나를 위해 써 보자

그렇게 사는 것도

세상 사는 또 하나의 방법이니까

기쁜 우리 젊은 날은 바로 오늘이니까

비가 내리면

비가 내리면
모심어 걱정하는 농부들 한시름 놓고
바쁘던 농사일 잠시 멈춘다

대신, 밀린 집안일에 농기구 손질
어디 쉴 틈이나 있으랴

옆에 사는 마을 이장님
오늘은 친구들 만나 술 한잔하신다
비 오는 날에 막걸리 주전자에 부어
부침개 안주 삼아, 노래 한가락 하면서
주거니 받거니 세월 보내는 것이
소소한 행복 아니겠나 하신다

이마에 깊게 파인 주름이 곱게 보이는 것은
이장님 살아온 시간을 이해하는 가슴이 생겨

훔치며 사는 세상

내 눈에도 보이는 것이지

비 내리는 날에
창가에 서서 옛 생각이 잠기면
조그만 꼬마 아이들 검정 고무신 배 만들어
동네 어귀서 노는 모습 눈에 보인다
성철이
창만이
기름집 아들 개똥이
내리는 비를 보며 내 생각은 할까

비가 오는 날에는
잊었던 추억 되살아나고
지금 가슴에 담고 있는 오늘은
먼 훗날에 어떤 비가 되어 내릴까

이 비 그치면

예쁜 나비 짝하여 날고

무지개 하늘에 걸려 멋진 그림 만들면

어느 화가 화폭에 채워지면 좋겠다

버스 안에서

종착점에 가기 전에 들르는
정거장
많은 사람이 어디론가 떠날 준비를 한다

비어 있는 옆자리에 누가 와서 앉을까
사뭇 기대하고
한 사람씩 탑승을 할 때
예쁜 아가씨 차에 오르면
내 옆자리에 앉으면 좋겠다

막연한 기대감을 하는데
왜 그리 설렐까
맞선 보는 것도 아니고
소개팅하는 것도 아닌데
왜 그렇게 설레었을까

내 생각을 누가 알아차린 것도 아닌데
남의 것을 훔친 것 같은 생각이 들어
창밖을 쳐다보며 외면한다

차에 오르는 사람 보며
같은 생각으로 올랐을 거란 생각을 했다
나도 차에 오를 때
옆자리는 누구 있을까
그런 생각을 했으니까

정거장에는
오늘도 그런 생각으로 차에 오르고
먼저 앉아 기다리는 사람도 있겠지

어느 날 혼자 버스를 타면
젊은 날의 두근거림

훔치며 사는 세상

어느 구석에 잠들었다 깨어나

그 옛날처럼 나를 설레게 할까

기회가 오면 버스를 타 보자

그땐 그랬지

왼쪽 가슴에 손수건을 달고
처음으로 학교라는 곳에
어머니 손잡고
책 보따리 등에 메어 입학식을 했지
지금은 그런 광경이 없지만
그땐 그랬지

겨울 준비하느라
산에 가서 솔방울 줍고
썩은 나무랑 잔가지를 보루에 담아
학교에 가져가고
산림 보호한다고 휘발유를 깡통에 담아
선생님 따라 산에 가서 송충이 잡고
쥐잡기 운동을 전국적으로 했었지
지금은 볼 수 없는 것들이지만
그땐 그랬지

훔치며 사는 세상

지금은 학교에서 급식하지만
양은 도시락에 밥을 담아
점심시간이면 책상 위에서 해결했었지
잘사는 집 아이는
계란이랑 소시지 반찬
가난한 집 아이는 도시락도 없어
밖에 나가 물로 배를 채웠었지
상상도 못 하겠지만
그땐 그랬지

겨울이 다가오면 먹을 것이 없어
어머니는 고구마로 범벅 만들어
배가 꺼지면 밥 달라 할까 봐
얼른 잠자라고 이불을 깔아 잠을 재웠지
형제 모두가 한방에서 지냈지

형은 항상 새 옷 입고
나는 형이 입던 옷을 입고 학교 다녔지
교과서도 형이 쓰던 것을 물려받아야 했지

그래도
사람 사는 냄새가 있어 좋았지
배고프고 힘들어도 서로 기대어 살고
이웃사촌이란 것이 가슴에 있었지
가진 것 없어도 마음은 부자였던 거였지
부모님이 말씀하셨지
그래도, 지금이 제일 살기 좋은 세상이라고

내가
지금
제일 살기 좋은 세상이라고
말하지 못하는 것은 무엇 때문일까

훔치며 사는 세상

인생길 2

살아온 만큼 걸었던 길
남기는 것이 아쉬웠다면
잘못 걸었던 길이다

후회는 뒤에 남고
전부를 쏟지 못한 것이 두려워
그냥 걸었다고 인정하기 어려운 것을
마지막 자존심이라 말해도
그건 변명일 뿐이다

길은 흔적으로 남는다는 것에
아니라고 말을 못 한다
뒤돌아볼 수는 있어도
구차한 이야기로 막지 못한다

저 멀리 아름다운 별로 길을 떠나

누군가 부르면 중간에 내리는 것
그게 인생이다

눈 감는 날
한 점 후회 없는 사람 어디 있으랴
쓰다 남은 몽당연필처럼
아무도 쳐다보지 않는 외로운 길
그게 인생길이다

훔치며 사는 세상

친구야

너에게, 희망이 뭐냐고 물으면
단번에 대답하지 못하고
머뭇거리다
부자가 되어 맘껏 돈을 쓰고 싶다고 말해도
성의 없이 무슨 희망이냐고 답해도
괜찮다

네가, 나에게 희망이 뭐냐고 물으면
아프지 않고 행복하게 사는 것이라 해도
하는 일이 잘 풀렸으면 좋겠다고 해도
왜 그것이냐고 묻지 않고
너는 고개 끄덕일 테니까

내가 전화해서 내일 뭐 할 거냐고 물으면
저녁에 술 한잔 약속이 있다 말해도
다른 어떤 대답을 해도

괜찮다

내가 전화했던 것은

네 목소리가 듣고 싶어 한 것이니까

네가 나에게 똑같이 물었을 때

내가 어떤 말을 해도

네가 듣고 싶은 대답이 아니란 걸 안다

너도 그랬을 테니까

너랑 내가 만나면

지난 얘기에 빠져 함박웃음하고

반갑다는 말 하지 않는 사이지

말보다 악수 한 번 하고 웃으면

그것으로 백 마디 말을 한 것이니까

다음 주에는 얼굴 한번 보자

아침이 되니 고운 태양이 눈 간지럽히고

　　　　　　　　　　　　훔치며 사는 세상

참새 소리가 시작을 알리는 지저귐을 한다
파릇한 나뭇잎에 산들 불어오는 바람이 스쳐
밤새 품었던 향기를 나에게 선물했다
이 고운 바람이
너에게도 전해지는 하루면 좋겠다

아침에는 구수한 된장국을 먹었다
친구는 그런 내음이 나는 것이 좋지
너에게서는 그런 향이 있어

여섯 가지 생각

기다림

내가 그를 떠나보냈을 때
거리에는 비가 내렸고 가로등은 꺼져 있었다
두려움은 땅거미 질 때 피어났고
어린 소년은 버스를 기다리고 있었다

어울림

마른 나뭇가지에 새싹 나기를 기도하던 밤
저 멀리에서 기적 소리가 들리고
낭떠러지 아래에는 산짐승이 울부짖었다
세상은 그렇게 처절한 경쟁을 만들어 내고 있었고
사람들은 내가 원하는 것을 주지 않았다
가슴을 열었을 때 비로소 말을 걸어왔다

이해

고통이라고 말하고 나서야
내 상처는 치료 되었고
사랑이라 말했을 때는 가슴에 비수가 꽂혀 들었다
외길 외나무다리에 이르러서야 앞산이 보였고
밑에 흐르는 강물이 퍼런 입을 벌리고 있었다
사람들이 색안경을 끼고 보고 있다는 것을
왜 그리 늦게 알았는지 후회가 몰려왔고
그것을 알았을 때 세상이 눈앞에 다가왔다

상처

문득 다리가 아프다
통나무에 눌려 버린 다리 한쪽이 울음을 터트렸다
살려 달라는 말은 입에서 나오지 않고

눈만 깜빡이면서 간절한 이야기를 세상에 한다
내 상처가 깊었던 것만 알았지
타인의 상처가 그리 깊은 줄 알기까지는
참 많은 시간이 흐른 뒤였다

후회

사랑한다는 말은
상처를 감싸 안을 수 있을 때 가능하다는 것을
하나씩 배우고 있다는 것을 느낀 것이다
다시 돌아가도 똑같은 생각을 했을 것인데
아쉬움이 옛 기억을 불러 세운다

　　　　　　　　　　　　훔치며 사는 세상

사랑

하루에 만들어진 상처는 가슴에 없었다
골 깊은 사랑을 원했던 것은 내 욕심이었고
깊은 바다 암흑 속 작은 불빛이
당신이란 것을 이제 배워 간다
사랑을 참 늦게 알며 살아간다
바보처럼

친구에게

살다 보면
이런 일 저런 일
원하지 않아도 해야 할 때가 있고
정작, 간절히 원했던 것을 했는데
씁쓸한 웃음으로 접어야 할 때가 있어
뜻하지 않게 도움을 받으면
세상이 밝게 느껴지며 힘도 나고 말이야

자네가 도와준 사람은 기억하지 못하는데
고맙다는 말을 들으면
받았던 사랑도 그랬다는 걸
다시 한번 생각하게 되지 않았나

자네가 가슴 아프게 한 사람은 기억 못 해도
그 사람은 어디선가 뒷담화하고 있겠지
사실

훔치며 사는 세상

자네도 그렇게 하면서 살고 있지 않은가

달콤한 꿀이 있으면

벌 나비 모여들고

구린내 나면 파리가 모여드는 것이 세상이지

호주머니에 돈이 비어도

웃으며 술 한 번 사 주고

귀에 거슬리는 소리 해도 고개 끄덕이면

누가 나쁜 놈이라 하겠는가

하지만

세상만사 누가 뭐라 해도

자네가 좋게 보면, 좋은 것이고

싫으면, 싫은 것인데

남 눈치 너무 보면 짧은 인생 어찌 살아가겠나

고집 한번 부리고

나쁜 놈 소리 들어도 귓전으로 넘기면서

숨 한번 크게 쉬면서 살아가시게

나도 그렇게 살아간다네

세상살이

도긴개긴 아니겠나

기분 나쁜 일 생기거들랑

거시기 밟았다고 생각하고 술 한 잔으로 풀며

자네가 제일 잘났다고 생각하며 사시게

비 오는 날은

막걸리에 파전이 좋지

안주 하나 더 필요하면

미운 사람 도마에 올려

귀 간지럽게 흉도 보면서

훔치며 사는 세상

기억해 둬

내가 알고 있는 자네는

항상 멋진 사람이라는 것을

3부

다시 그날이 오면

지나간 시간은 잊을 수 있어도

하지 못한 것은 추억으로 남아

두고두고 꺼내 볼

아픔이기 때문입니다

다시 그날이 오면

눈 내리던 날
노란 목도리
까만 눈동자에 예쁜 보조개
첫 만남에 반해 버렸던
당돌한 아이
사귀자 말 못하고 고개 숙였던
머뭇거림
다시 그날이 오면
용기 내어 내 맘 전하고 싶습니다

글 쓰는 게 좋았고
그림 그리는 게 좋았던 아이
그것들이
외롭고 힘든 것일지 모르지만
다시 그날이 오면
그 길을 한번 가 보고 싶습니다

별이 되어 버린 어머니
다시 그날이 오면
뒤늦은 사모곡 쓰지 않고
사랑합니다
고맙습니다
어머니 거친 손 꼭 잡고
가슴으로 말하고 싶습니다

이제는
있는 그대로 하렵니다

지나간 시간은 잊을 수 있어도
하지 못한 것은 추억으로 남아
두고두고 꺼내 볼
아픔이기 때문입니다

다시 그날이 오면

있는 그대로 하면서 살아 보렵니다

훔치며 사는 세상

살면서 느끼는 사랑

서러운 사람은
뜨거운 눈물이 있어도
누가 볼까 부끄러워 울지 못합니다

감추려는 모습은
들키지 않으려는 미소 만들어
당신 앞에 꼿꼿하게 서 있습니다

하고 싶은 말을 했을 때
상처 입을 것을 생각하며
몇 번을 뒤돌아 생각했다는 것을
알아주세요

오늘은 비가 내립니다
우산 벗어던지고
이야기하고 싶습니다

흐르는 눈물이 보이지 않게

내 사랑은
미안하다고 말해도
듣지 못하는 바보 사랑입니다

당신은 내가
고백하지 못하는 사람입니다
참 어려운 사람입니다

살면서 느끼는 사랑은
비가 내리는 날에 하늘을 가린
먹구름처럼 무섭습니다

훔치며 사는 세상

참사랑은 그런 건가 봅니다

말로는 못 하는 사랑이라서

살면서 느끼는 사랑은

너무 어렵습니다

별

하늘에 별이 산다 해서
올려다본 하늘엔 먹구름만 가득
귀뚜라미 소리 들으며 평상에 누워
엄마랑 누나랑 세어 보던 별은
달에 사는 토끼가 먹어 버렸나

어머니는 별이 되었고
어제 세상 등진 사람은
어디쯤에서 별이 되어 걸려 있을까

북두칠성 보이는 날
백록담에 부는 바람 숨죽이면
호수에 선녀 내려와 멱을 감고
동네 나무꾼 총각 장가들겠네

훔치며 사는 세상

오늘 밤 별을 세다 잠이 들면

엄마별 가만가만 다가와

옛이야기 들려주면 좋겠네

꿈속에서 꼬마 아이 얼굴도 보고

나에게 쓰는 편지

아이야, 간밤에 무서운 꿈을 꾸었니
그러면서 크는 거란다

딱지치기 구슬치기 재미있니
그렇지
그 나이 때 그런 재미없으면
무슨 낙으로 살겠니

매일 공부하라 말하면
공부하는 척하지만
몰래 만화책 빌려다 보았지
엄마가 모르는 것 같지만
사실 다 알고 있었지
모르는 척해 준 거란다
나중에 알게 될 거야

아이야, 예쁜 옷도 못 입고
맛있는 것도 못 먹어 부모 원망도 했지
나중에 네가 애를 낳으면
똑같은 원망 들을 기란 기
어찌 생각이나 하겠니

사춘기 때
예쁜 여학생 생각나지
하얀 블라우스에 까만 치마
뽀얀 피부에 살짝 들어간 보조개
가끔 버스에서 보면
가슴 설레 잠 못 이루던 날들
말도 한 번 걸어 보지 못하고
냉가슴만 앓았지
용기 내어 말하려 했지만
짝사랑으로 끝났지

추억으로 남은 것이 좋았는지도 몰라
사랑하면 결혼하지 말라는
그 말이 맞을지도 모르니까

이제,
성인 되었겠구나
사회라는 벗과 싸우며 살게 될 거야
꿈꾸었던 것을 못 해도 실망하지 마
그렇게 사는 사람 그리 많지 않으니까
만약에,
네가 원했던 것을 이루더라도
그것이 전부가 아니란 것을 알아 두렴

아이야, 사람들은 모든 것에 만족하며
부러움 없이 살지 못한다는 것을
그리고

훔치며 사는 세상

네 손에 쥐고 있는 것은
결국에 내려놓아야 한다는 것을

생은 아름다운 정원이 아니라
그걸 만들려고 노력하는 것이고
너를 사랑할 수 있을 때
다른 사람도 사랑할 수 있다는 것을
꼭, 기억해 두렴

사람들은 누구나
힘들어도 참으며 살고 있다는 것을
잊지 마라

가장 행복한 날이 지금이란 것도

보낸 사람 : 먼 훗날에 나로부터

高氏 할망 2

딸아이 넷에 아들 하나
막내아들 어릴 적에 낭군 먼저 보내고
그 모진 세월 어찌 살아오셨을까
그 옛날 고왔던 꿈 벗어던지고
밤마다 허벅지 바늘 찍어 누르며
호미 쟁기 둘러메고 밭으로 갈 때
흐르는 눈물은 돌이 되어 굳었겠구나

이 세월 흘러
좋은 날 올 거라 믿었건만
먼 산 바라보니 꿈이어라
高氏 할망 오늘도 슬피 가슴으로 우신다

다섯 남매 둥지 만들어 떠나고
홀로이 모퉁이 집에 남아
아들딸 그리워 흘렸던 눈물

훔치며 사는 세상

땅이 꺼지라 쉬었던 한숨

낭군 비석에 비 되어 내린다

넷째 딸 저세상에 먼저 갔을 땐

高氏 할망 피눈물 강물 되어 흘리셨겠다

돌아보니 꿈속일까

고향 떠나 아들 집에 삼 년 살고

큰딸 집에 자리 옮겨

천박꾸러기 신세 될 줄 어찌 알았으랴

이제 기저귀 찬 세 살 아이 되어

큰딸아이 언니라며

출근한 큰딸 기다리신다

엊그제 다녀간 아들 손자 보고 싶다고 하시고

못 본 지 오랬다고 말씀하신다

高氏 할망 우리 장모

오늘도 먼 산 보며

젖은 기저귀 치워 줄

큰딸아이 퇴근 시간 기다린다네

高氏 할망 마른 눈물 흘리신다네

우리 高氏 할망 가여워 어찌할꼬

高氏 할망 3

애야,
내가 죽으면 제사 지낼
아들 집에서 있어야 할 게 아니냐

어머니
똥 기저귀 오줌 기저귀
며느리에게 치우게 하시렵니까

그건 아니다

어머니
살아 계실 때는 여기서 모시다가
돌아가시면
제사는 아들 집에서 하게 할 것이니
걱정하지 마세요

高氏 할망

대답 없이 고개 숙인다

장모와 딸은 이런 대화를 한다

아들 집에서 살고 싶은 마음

어찌 모르랴

보내 드리고 싶어도

딸이 하는 게 편한 것을

高氏 할망은 알고 있었다

내일 장모님은

또, 아들 집 타령을 할 거다

처음에 있었던 아들 집이

못내 그리운 것이다

반성

살다 보니
떠난 사람 생겨나고
미운 사람 하나둘 가슴에 자리한다
모래사막이 만들어지는 것이다

그러지 말아야 하는데
속이는 세상이라 생각 말아야 하는데

꽃잎이 떨어지고
햇살이 멈춘 후, 긴 장마가 오던 날에
해무가 피어나는 것처럼
가슴을 뛰게 했던 하늘은
미워하는 마음을 내 가슴에 심었다

사랑하며 살아야 하는데
온갖 세상 풍파가 밀려와도

해맑은 아이 웃음으로 살아야 하는데
그게 쉽지 않다

오늘은 백지에 낙서해야겠다
눈물 떨어져 잉크가 번지면 반성하며
한 줄의 낙서를 써야겠다
미워하며 살지 말자고

장맛비 멈추면
옛날로 돌아가 산길을 걷고 싶다
미운 사람 손 꼭 잡고
밤에는 별을 보며
어린 왕자가 사는 별나라 이야기를
도란도란해 보고 싶다

훔치며 사는 세상

안개꽃 한 다발 가슴에 심고

반성하는 마음도 그 위에 올리고

高氏 할망 4

둘째 딸 가게 문 닫아
당분간 모시겠다 하여 안산으로 가실 때
머리를 스치는 여러 가지 생각들
아내에게 말했다
훗날 우리가 이 모습일 거라고

대답 없이 먼 산을 바라본다

高氏 할망
안산 둘째 집에 모셔 놓고
시장 보러 다녀오니 화를 내신다
자기만 놔두고 어디 갔다 오냐고
버럭 짜증 내시고
반려견이 꼬리 치며 달려들어도
손을 내저으며 싫다고 하신다

훔치며 사는 세상

횟집 들러 사 온 우럭, 광어회에
소주 한잔하는데 술잔 달라 하신다
젓가락질하지 못해
한 쌈 싸서 드렸더니
자기도 할 수 있다며
신경 쓰지 말고 먹으라 한다
훗날 내 모습 같아 가슴이 멍했다

집에 오려 인사를 하니
얼굴도 보지 않으며 조심히 가라 하신다
高氏 할망 가슴이 착잡한 모양이다
내려오는 차 안에는 침묵이 흘렀다
같은 생각을 하고 있다는 것을
우린 알고 있었지

高氏 할망

안부 전화하면 손주들 안부 물으신다
같이 있을 때는 아웅다웅하더니만
떨어져 있으니 걱정되나 보다
내리사랑이란 게 그런 것이지

高氏 할망, 둘째 딸 집이
내 집보다 편한가 보다
식사도 잘하고 잠도 잘 주무신다니
천만다행이란 생각이 든다
둘째 딸, 일 시작하면
다시 내 집에 모셔 올 텐데
高氏 할망 싫다고 하면
어찌할까나

(高氏 할망은 둘째 딸이 모시다가 다시 처남 집으로 가셨다. 둘
째 처제가 뇌졸중으로 쓰러져서 병원에 입원했기 때문이다.)

훔치며 사는 세상

희망

하나의 생각
내가 느끼는 것이 긍정이면
그건 희망이지

물난리로 모든 것은 뒤덮은 땅
울부짖는 어미 개의 울음에
땅을 파 꺼낸 세 마리 강아지들
희망이란 끈을 놓지 않은
기다림
어미를 만나 꼬리 흔드는 세끼들
가슴이 찡해 왔다
모성의 *끈끈함*에

삼풍이 무너지던 날
그 속에서 견디어 낸 사람들
그들이 절망 속에서 버리지 않았던

희망

난국이 와도

숨이 멈출 것 같은 시간이 와도

희망은 그렇게

어느 구석에 서 있다가

찾는 사람에게 밝은 빛을 준다

주어진 최고의 선물

희망으로 기지개 켜고

선물 보따리 풀어 가며 아침을 열자

코로나가 힘들어도

훗날

웃으며 옛이야기 하게

　　　　　　　　　　　훔치며 사는 세상

지나고 나면

아무것도 아니라는 것을

우린 알고 있으니까

빈자리

내 옆에
빈자리를 만들었습니다
만족하실지 모르겠지만
당신을 위한 생각이기에
넓은 아량으로 받아 주세요
내 가슴을 열어
당신에게 주는 진심이
달콤한 것이 아니더라도
노여워하지 말고 받아 주세요

부탁 하나 하렵니다
혹시라도
당신의 옆에 빈자리 생기면
손짓 한번 해 주세요
살며시 다가가서 예쁘게 앉으렵니다

훔치며 사는 세상

당신을 위해 비워 둔 곳에

예쁜 꽃다발 하나 준비하겠습니다

천천히 다가와 앉아 주세요

당신 아닌 사람이

먼저 앉으면 슬픈 일입니다

내일은 오지 마세요

오늘까지만 비워 놓을 테니까요

이랬으면 좋겠다 2

누군가가 나를 들먹이면
귀가 간지럽다는데
좋은 이야기로 간지럽히면
병원에 매일 다녀도 좋겠다

살면서
너에게 어떤 아픔을 주었는지
고마움은 또 얼마만큼 주었는지
알지 못하지만
이왕에 귀가 간지럽다면
좋은 뒷담화면 좋겠다

훔치며 사는 세상

내가, 너를 그렇게 할 때
나쁜 이야기는 가슴에 묻고
좋은 사람이라 웃으며 말하면
너는 귀 간지러워 후비다
내 생각하면 좋겠다

너랑, 나랑 귀가 간지러우면 좋겠다

우린, 이별을 했습니다

그대 그렇게 떠나면
나는 물거품 되어
당신이 남긴 발자국 위에 머물다
비 오는 날 시냇물 따라 바다로 가렵니다

하늘에 조각구름
당신이 보낸 선물이라면
비행기 타고 창공에 올라
내려 보는 당신의 맘 헤아릴 겁니다

보낸 편지가
비수가 되어 가슴에 남았다면
갈기 찢어 보내 주세요
써 내려간 글씨 모두 지워
하얀 꽃 만들어 다시 보내렵니다
당신과의 이별은 그렇게 하렵니다

훔치며 사는 세상

젊은 날에 추억은

아침에 다시 살아나

천둥 부르는 비가 되어 내립니다

우린, 이별을 했습니다

한마디 말도 없이

그런 이별을 해야 했습니다

그날도 오늘처럼 비가 내렸지요

사랑에 대한 생각

험한 길 걷지 않는 사람
가슴에 상처 입지 않은 사람
있으랴

우린 무수히 많은 사람 중에
친구를 만나 우정을 쌓고
반쪽 찾아 살아왔지
그 와중에 섭섭함이 없다면
그게 어디 사람이랴

가끔 생각나는 사람
기억에서 되살아나면
그때 하지 못한 말
지금은 할 수 있는데
그 사람 어디서 살고 있는지
사랑했던 사람이었는데

훔치며 사는 세상

이제는
아쉬움 있고 두려움 있어
새로운 만남에
선뜻 손 내밀기 어렵다

지금 곁에 있는 사람에게
미워하는 마음을 갖지 말자
사랑하는 마음은
받는 사람을 위한 것이 아니라
내 가슴이 편하기 위해서니까

인생은 그리 긴 시간을
우리에게 주지 않지

사랑은
사람이 줄 수 있는 최고의 선물
쉽지만 어려운 숙제

인생이란

친구야

사람 사이서 태어나
싸우며 사랑하다
어느 날엔가는 눈을 감는
그걸
인생이라 하지

돌아보면
남아 있는 후회는
저만치에서 손 흔들며 가라 하고
고개 떨구어 울다 보면
백발이 강물에 비추지
남아 있는 검은 머리 세기가
더 쉬운 그런 날이 되겠지

아웅다웅 살았던 것에

바삐 달려왔던 시간에

미안하다 손 내밀면

함박웃음 지으며 달아나는

청춘이란 놈이 얄미워

헛웃음 짓는 초라한 주름살

그것이 우리네 인생

칠십 넘어 팔십 넘어

구십을 넘었을 때

거기에 똬리 틀어

레테의 강 보는 날에

긴 한숨 한번 쉬고 건너는

동전 세 닢 달랑 들고 길 떠나는 것

그게 우리네 인생이지

온갖 욕심을 버리는 날도

바로 그 순간인 것이지

변명하지 말고

그것도 사랑하면서 살아가야지

인생 별것이 있겠나

발길 닿는 대로 살다가

부르면 내려놓고

먼 길 떠나시게나

나는 그리 살아가려 한다네

가을

화사한 날 가을 아침

그대는 그리움이 되지 마세요

가슴에 남아 있다

문득 꺼내 보는 추억이 되어 주세요

안개 자욱한 아침에 살짝 왔다

해가 뜨면 파란 잎사귀에 매달려

좋은 소식 하나만 전해 주세요

포근함은 그러니까요

그대는 보고 싶은 것도 되지 마세요

잠이 들면 꿈에 다가와

옛이야기 들려주고 잠이 깨면 찾아오는

반가운 손님으로 남아 주세요

저녁에 따사로운 햇살을

이마에 조곤조곤 비춰 주는

그대는 가을이니까요

책갈피에 숨어 잠자는 소중한 친구

그대는 예쁜 가을이니까요

훔치며 사는 세상

동행

누구와 같이 걸어갈까
누가 나랑 같이 걷고 싶어 할까

걸어가다
옆에 어떤 이 있으면
그 사람이
나랑 동행하는 사람이겠지

가는 길에
만나서 시간 보내는 사람이 친구지
같이 가는 사람이 없으면
외로운 거야
동행이란 것은
서로 마음을 더듬으며 가는 것이지

여럿 있으면 좋지만
한 사람만 있어도 되지
지금 고개를 돌려 보면
그 사람 당신을 보고 있을지 몰라
손만 내밀어도 돼

어렵지 않은데
우린
그것마저
포기하고 있는지도 몰라

동행의 큰 손짓은
가슴을 여는 거야

훔치며 사는 세상

생각만으로

동행할 사람을 찾지 마

같이 걸어가는 사람을 찾는 것이

사랑보다 힘들어

외롭지 않으려면

먼저 손 내밀어 봐

더 늦기 전에

초밥 예찬

하얀 쌀밥에 소금 간을 살짝 하고
고추냉이 찍어 발라
싱싱한 회 하나 덮은 군침 도는 초밥

간장에 찍어 입 벌려 쑥 넣으면
바다 내음 살포시 와
천상의 맛, 그 맛이지

모둠 초밥 주문하면
새우, 연어, 참치, 광어 초밥
눈이 즐겁고 젓가락이 저절로

소주 한 잔 넘긴 후에 초밥 넘기면
이게 어디 밥맛이랴
전어 한 접시에 초밥이면
이보다 좋은 안주가 따로 있을까

훔치며 사는 세상

아침에 카레를 먹었으니

저녁에는 초밥을 먹어야겠다

들리니

먼 산 너머에서
풀피리 부는 아이 소리

고동을 귀에 대면
바다 물결 소리

잊었던 이야기
외로운 날에 고개 들어
친구 하자는 소리
들었니

나뭇잎 떨어지는 소리
풀벌레 우는 소리
숲속을 찾아 들어 보렴
어린 시절
엄마 찾아 눈물 흘렸던 아이가

홈치며 사는 세상

거기 서 있는 게 보일 거야

우린
가을을 맞이한 거야
세상이 각박해도
항상
이맘때
다가오는 거지

저 멀리서
너를 부르는 소리
들리니

홀로 여행은
이런 날 떠나는 거야
가을이 시작하는 날에

내가 생각하는 선물은

만약에,
내가 가진 것을 너에게 준다면
남아서 주는 것이 아니야
네가 나에게 주는 것도
그렇지 않다고 생각하기에

세상 살아가면서
받았다고,
꼭 되돌려 주려고 하지 말자
나도 그렇게 할 테니까

너도, 나도
마음이 있어 주는 것이지
생각날 때 안부 물어 주면 되는 거야
꼭 푸짐한 선물을 하지 않아도 돼
그거면 된 거야

훔치며 사는 세상

가슴보다 더 큰 선물은 없어

우리 그렇게 하자

4부

같이 간다는 것

꽃이 피고 낙엽 지고 눈보라 쳐도

다시 봄이 오면

거기에는 쉼터가 있을 테니까

동행은 그런 것이니까

같이 간다는 것

긴 호흡을 하면
옆에 있던 사람이
한숨이라 한다

내가 가다듬은 것을 들켜
부끄러움이 있다면 좋겠다
무뎌져 살아온 시간이라
핑곗거리를 찾아 기웃거린 것을
보여 줬다는 변명이다

네가 한숨을 쉬었을 때
내가 너에게 던지는 말이
위로가 안 된다는 것을 알면서도
굳이,
한마디를 할 수밖에 없었던
이유를 말하기 전에

훔치며 사는 세상

너의 눈시울을 보았고
흐르는 눈물의 의미를 알았다

네가 쉬는 한숨을
내가 지금 하는 것은
같이 걸어가는 길목에서
숨죽이며 만났기 때문이다

고독하다고 말하지 말자
슬프다고도 말하지 말자

꽃이 피고 낙엽 지고 눈보라 쳐도
다시 봄이 오면
거기에는 쉼터가 있을 테니까

동행은 그런 것이니까

생각나는 사람

그리워지면
걷고 걷던 길

지금은
가슴속에 추억만 남아
당신이 생각나면
꿈속을 헤맨다

이젠, 다시 가도
텅 비어 버린 그곳

가을이 오면 더 생각나는
포근한 가슴 결에 잠들던 아이

훔치며 사는 세상

찬바람 몰아치면
따뜻한 당신 품에 기대던
내 영혼이 잊지 못하는 사람

그리운 어머니

세상이란 놈

당신은
성을 만들려 하지 않아도
세상이 그렇게 했다고 말한다

당신이 쌓은 것으로 인해
세상이 그렇게 되었다고 말하는
얌체가 되는 것이
두려웠기 때문이겠지

감추어야 할 것이 많을수록
당신은 더 큰 울타리를 만들고
점점 하늘이 좁아진다는 것을 알고 있어도
매일 성곽을 높여만 갔다

자존심이 상처 나는 두려움에
화를 내어 당신을 숨기려 했다

내가 보기에 당신은 그랬다

생각해 보니
그 성을 만들게 했던 것에
나 역시 세상이란 놈과 더불어
한몫을 했다는 것을 알았을 때
내가 쌓은 성이 더 높다는 것을 알았다

우린
그렇게 살아왔다는 것에
변명하면서 또 만나겠지
아무 일 없었던 것처럼 반가워하겠지
세상이란 놈 핑계를 대면서

그렇게 만들어 버린
구차한 변명도 못 하는 내가

미쳤다

무서워서 묻지 못하고

너에게 상처를 줄까 걱정하는 척하다

그놈이랑 또 타협하겠지

세상이라는 놈

더럽게 무서운 놈과

당신을 속이며 또 하루를 살겠지

웃음 뒤에 숨어서

훔치며 사는 세상

인생길 3

마음에 그렸던

가슴 깊이 숨겨 둔
나만의 정원은
바람 불고 눈 내려도
낙엽이 지고 꽃이 피던 날에도
쉬지 않고 땀 흘리며 걷는다
힘들어 버거워도 걷는다

가슴 아픈 날
기뻐서 환호했던 날
슬픔에 뜨거운 눈물 흘렸던 날도
새싹 드리워
힘겨워하는 작은 소망 하나는
누가 볼까 겁이 나
문을 걸어 잠가

모두 잠들 밤에만 꺼내 봤다
아이처럼 가슴에 안아 재웠다

언젠가
꽃이 피어 열매 열리는 날에
동네 사람
친구들
모두 불러
곱게 자란 한 송이 꽃 보여 주며
박수 받을 생각을 하면서

아침에
고운 꽃송이 숨기고 나오면서
속삭임을 했다
훗날에
먼 훗날에

훔치며 사는 세상

동네방네 자랑할 거라고

그날이 언제일지
어디에서 꺼내 볼지 모르는
삶의 뒤안길
그것을 인생이라고 하던데

매일
꿈꾸는 것이 인생길이다

개똥 인생

누가 뭐라 물으면
주저하지 말고 말해라
어찌 살았냐 물으면
나름으로 열심히 살았다고 답해라

어디서 무슨 일을 하건
아무 상관없어
잘나가는 사람도 하루 세끼 먹고 산다
돈 많은 사람
맛있는 것 주저 없이 먹는다고
배 아파하지 마라
먹고 나면 거시기 되는 건 똑같다
부러우면 눈 딱 감고
가족들 데리고 한번 먹어라
생각만큼 맛있지 않을 거다
돈 아까워 후회할지도 모른다

인생 별거 없다

태어나 살다가

하늘이 오라 하면

가야 하는 것 아니겠나

부잣집에 태어나지 못했다고

부모 원망해 봤다면

지금 전화해서 죄송하다고 말해라

그분인들 가난한 집에 태어나고 싶었겠나

사장이 부러우냐

그 사람은 관두고 싶어도 못 관두고

온갖 근심 다 하며 산다

나이 되어 나가라 하면 주저 말고 나와라

그동안 열심히 살았으니

즐기라고 배려한다 생각하면

서럽지 않을 거다

인생 부러우면 지는 것이고

아쉬우면 잘 살아온 것이다

이제부터

남들 부럽게 신나게 즐기면서 살아라

있는 돈 죽을 때 가져가지 못하고

땅에 묶어 둔 돈 자식 주면

얼마 못 간다

세상 사는 방법 가르치면

가장 큰 유산이다

여유 있어 집 살 때 조금 보태 주면

최고의 부모로 산 것이다

아니해 줘도 못난 부모 아니다

낳아서 세상 구경시켜 줬으면

그 값 받으며 살아도 누가 뭐라 안 한다

훔치며 사는 세상

인생 별것 있겠나
바람 따라 걷다가 하늘 손짓하는 날에
훌훌 털고 떠나는 것이 인생이지

오늘 행복한 사람은 내일도 행복하고
오늘 불행한 사람은 내일이 무섭다
주말에는 여행이라도 떠나라
걸을 수 있을 때 걸어야지

개똥 인생
잘난 놈, 못난 놈이 어디 있나
제 맛에 사는 게 인생이지
오늘을 멋지게 살아라
내일은 없을지도 모른다

그래

가을 들녘에 가 보렴
야생화가 반겨 줄 거야
겨울을 부르는 이슬
아침까지 머금었다가 잠에서 깨면
아롱아롱 하늘로 날려 보내고
그 자리에 잠자리 내려앉아
졸다 가겠지

그래,
우린 이렇게 살아야 해
일상에서 벗어나 꽃도 보고
짓누른 가슴 활짝 열어
가을 꽃향기 가슴에 품었다가
예쁜 사람 만나면 하나 나눠 주고
활짝 웃는 미소 둘 챙기며
그렇게 살아야 해

훔치며 사는 세상

아침에
떠오르는 붉은 태양을 봤니
눈부셔 뜨지 못하게 간지럽히고
건물 뒤로 숨어 술래잡기하더라
내일은 내가 술래가 될지 몰라
그래도 반겨 주는 해님이 마냥 좋더라

그래,
고운 마음 담아
출근길로 나서렴
만나는 사람 커피 한 잔 나눠 주고
어제 못다 한 이야기하며
아침은 그렇게 열어 가는 거야
예쁜 마음으로 사는 거야

하루는

그렇게 시작하는 거야

저녁에 멋진 일탈은

싱그러운 아침부터 시작하는 거야

인생길 4

터벅터벅
고개 들지 말고 걷자
앞서 오는 사람 피해 가게
고개 숙여 걷자

눈에 보이는
돌멩이,
담배꽁초,
이름 모를 꽃들,
잡풀들
그것들이 외치는 소리 들으며
터벅터벅 걷자

내 인생에
버려진 것들이
어딘가에서

소리를 내며 달려들거든

마다하지 말고

손 내밀어 덥석 움켜잡고

미안하다

미안했다

한마디 던지고

터벅터벅 걷자

버렸던 것들은

짊어지고 가야 할 내 짐이기에

힘들단 소리 말고

버거워 울지 말고

등에 올려

터벅터벅 걷자

훔치며 사는 세상

인생길

힘이 들어도

혼자 가야 한다는 것에

물음표 못 다는 것을 알기에

터벅터벅

그렇게

그런 거야

그리운 사람은
숨 쉬는 공기처럼
있는 듯 없는 듯 곁에 있다가
떠나간 후에
그리운 사람이 된 거야

지금
곁에 있는 사람이
언젠가는 떠날 거란 생각을
우린 안 하고 살지
편해서 망각하며 살고 있는 거야
두려워서 그렇게 생각하며 사는 거야

훔치며 사는 세상

시간이 흘러

우리도 그리운 사람으로

누구의 가슴에 남아

꺼내 보는 빛바랜 사진이 될 거야

누가 그래 줄지 중요하지 않아

그리움이 된다는 거야

떠난 후 그리워 말고

지금 고개 돌려

한 번만

사랑하는 마음을 보여 주며 살자

그리워하는 아픔은

추억으로 남겨 둘 필요가 없어

먼 훗날 그리워 말고

소식 물으며

하루를 살아가면 되는 거야

그리워하지 않으려면

그렇게 하는 거야

그런 거야

　　　　　　　　　　훔치며 사는 세상

가을 하늘

친구야
가을 하늘은 푸르고 높아
왜 그런지 아니

그제,
가을 향기 가득 품은 꽃송이
여름날 비바람 견디고
푸른 나뭇잎 먹어
하늘로 가서 그래

어제,
하늘은
감성돔 잡혀 올라와
가슴 쓸어내리며 뱉은 바닷물
하늘이 날름 먹어서 그래

가을 아침

안개가 자욱해

늘 파란 하늘이라면

얼마나 멋진 것인지

우린 모를 거야

소중한 것은 보이지 않을 때

더 그리워진다는 것을

말하는 거지

친구야

안개 걷히면

맑고 푸른 하늘이 걸리겠지

거기다

하얀 글씨로 내 마음을 쓸게

보고 싶다

둘이라서

자식은
저승에서
빚 받으러 온 사람이라던데
미워하지 못한다

하나는 나를 닮았는데
엄마 닮았고
또 하나는 엄마 닮았는데
나를 닮았다

좋겠다
하나였으면 외로웠을 텐데

둘이라서

인생 여행

외로운 사람은
곁에 사람이 없어
그런 것이 아니다
삶에 쌓인 짐을
어깨 아래 내려놓지 못해
혼자 남을 뿐

가을 아침 찬 기운
창가로 보이는 낙엽
살아온 시간보다
살아갈 하루를 생각하는 상념이
쓸쓸한 바람 되어 파고든다

아침에
어김없이 열차에 올랐다
무슨 일이 있을지 모르는

훔치며 사는 세상

어쩌면 길고도 짧은 여행

때로는
간이역에 내려
외로운 사람들과
국물로 몸도 녹이고
상처 난 가슴을 서로 만지며
갈림길까지 함께하는 여행

기적이 울려
열차에 몸을 싣고
생
로
병
사
역을 하나씩 지나치고 있는 중이다

가을 역 저만치서

빨간 단풍잎 노란 은행잎

나를 마중하겠지

기분 좋은 상상을 담고

오늘도 열차에 오른다

가을날의 풍경

가을 하늘 구름 아래 바람 쏘이면
낙엽은 알록달록 새 옷 갈아입고
이 산 저 산 앞다투어 뽐낸다

머루랑 다래 익어
그 내음 산길 따라 향 피우면
심마니 배고픔에 걸음 바쁘겠다

골짜기 부는 바람 잎새 사이 이슬 떨치면
산 중턱 노인네 먹거리 찾아 산에 오르고
꼭대기 걸린 구름 친구 하자 손짓한다

굴뚝에 피운 연기
깊은 골짜기로 숨어들다가
동장군 오는 날에 하얀 옷으로 바꿔 입겠지

가을바람 어머니 소리 담아 내게로 오면

풀피리 불던 아이 단잠 자겠네

훔치며 사는 세상

갈잎이 내는 소리

바스락
바스락

손으로 만지면 부서지고
밟으면 아프다 내는 소리

꽃 피우고 찌는 더위 지나
모진 바람 견뎌 내고
몰래 몸에 담았다가 내는 소리

해가 뜨면
한 잎 떨어지고
밤이 되면 두 잎, 세 잎, 네 잎
찬 서리 몰려오면
우수수 떨어지며 부르는 노래

바스락

바스락

흙에 묻히는 날까지

땅바닥 뒹굴며 내는 소리

마지막 잎새

하늘 돌다 떨구는 아우성

아마

듣지 못할 거야

네 가슴에 떨어지니까

오늘 밤

당신이 별을 세다 잠들면

내가 들은 노래 가득 실어 보낼게

소곤

소곤

바스락

바스락

갈잎이 내는 소리

청춘

뜨는 해를 보며
저녁노을을 생각하지 말고
검은 머리 하얗게 변해
염색약 바르며 쓴웃음 짓지 마라

나이 먹어
주름 생기고
여기저기 아프다고
가슴에 남은 청춘의 향기
녹슬어 용광로에 버릴 만큼
쓸모없는 고철은 아닐 테니까

거울을 보며
자신과 얘기하다 보면
살아온 시간이 한 줌이었듯
푸르른 날도 한 줌이었다

훔치며 사는 세상

청춘은

나이 들어 사라진 것이 아니라

흐르는 세월에 자신을 묻어 버리고

철없이 노련함이라 생각하는

비겁함이 버린 것이다

젊은 날은 지난 것이라 않고

지금이 최고라 말하고 있다면

세월과 동행하는

가장 멋진 청춘을 사는 것

이 순간을 위해 건배의 잔을 들자

오늘 힘들다고 말해도

같이하고 있음에

가장 젊은 날은 살고 있는 것

청춘이라 말하며 가 보자

저기

멀리

무지개 보이는 곳까지

너의 의미 - 뇌출혈로 쓰러진 처제에게

막내 보내고
쓰라린 가슴 안고 살았지
돌아오는 길에
하늘에 말 걸었다
이제
그만
우리에게 이런 아픔 주지 말라고

맑은 하늘이
눈부시게 비추는데
하늘이 답하더라

소나기 지나면 꽃 피고 새 울어
파릇한 봄이 온다고

이제 훌훌 털어 버리고
멋지게 비상하는 너의 모습
서두르지 말고 천천히 보여 주렴

가족이란 이름으로 모여
너를 응원하는 우리들의 참사랑을
하늘이 알고 땅이 알 테니

하늘이
왜 이런 시련을 너에게 주었을까
답답함에 눈물 나겠지만
가슴 아파 서러워 말고
아이들 걱정
집안 걱정
가슴에서 내려놓아라

훔치며 사는 세상

너만을 생각하고

하루하루 인내하며

멋지게 일어나렴

우리는

힘찬 박수를

매일매일 너에게 보낸다

우린, 가족이란 것에 가슴 뜨겁다

그게, 너의 의미다

어둠이 와도- 긴 터널을 걷고 있는 처제에게

까마득한
낭떠러지에 매달려
살려 달라 아우성치다 깨 보면
꿈이라 다행이었지
식은땀 닦아 내며 물 한 모금 먹고
주위를 둘러보면 모든 것이 새롭다

아프겠다
지금 너에게 닥친 것은
냉혹한 현실이라 울음 나겠다
어느 날 갑자기 다가온
어둠을 어찌 상상이나 했겠니

훔치며 사는 세상

받아들이기 두렵고
헤쳐 나가야 하는 하루하루 시간
그걸
누가 풀어 주지 못한다는 것은
홀로되었을 외로움

그건, 아픔이겠지

어둠이 와도
저 멀리 희미하게 보이는 불빛
그걸 희망이라고 부른다
아프지 않은 날에도 그랬듯
지금도
그리 살면 되는 것이지

이 슬픔엔 끝이 있다는 것에
나는 한 표를 던진다
너도 그랬으면 좋겠다

잠들었던 뇌가 깨어
다리가 꿈틀거리고 팔이 들려
연가 부르는 날
어둠 속 촛불 하나
반짝거려 너를 반길 테니까

지치지 말고 - 긴 터널을 걷고 있는 처제에게

새파란 하늘을 보며
아름드리 꿈을 키우던 날들
새들이 날면 따라 날았고
흐르는 강물 따라 바다로 갔던
그 여름날 추억이 있어
지금 힘이 들어도
그 꿈을 먹으며 살아왔지

가을에 떨어지는 낙엽은
쓸쓸하고 사색을 품어
나를 보는 것 같아 애잔하기도 하다

세월은 흐르고 흘러
여기까지 오게 만들고
멈춰 버린 시간이 있어

서러움에 하늘을 원망했지

포기하지도 말고 서둘지 말아야
낭떠러지에 매달린 가슴도
숨죽이며 꽃송이 방긋 피운다는 것을
오늘부터 배워야겠다

홍수에
흙탕물로 변해 버린 더러워진 강물도
시간이 흐르면 언제 그랬냐는 듯
맑게 변하여 사람들 오라 손짓한다

기다림이란 것은
지쳐 버린 사람에게 보이지 않는
무지개란 것을 공감하며
차분하게 하루에 발 담그렴

훔치며 사는 세상

내일은 오늘보다 더 맑고

모레는 더 싱그러운 바람이 불어

어느 날 문을 나설 때

뒤돌아보면, 하나의 인생길이라 생각할 거야

포기하지 않으면

두려움도 곁에 오지 못한다는 것을

배워 가며 살아 보렴

지치지 말고

돌아보는 삶

모진 세월
여럿 만나며 살아간다
누군가에게는
고마운 사람이 되고
어떤 사람에게는
상처를 주며 살았겠지

혀를 놀리면서
아무런 가책도 없이 떠들고
기억하지 못하는 말로
얼마나 많은 사람에게
못을 박고
가슴을 후비며 살고 있는지

예쁜 사람으로 살아가려
얼마나 노력하며 살고 있는지

　　　　　　　　　　훔치며 사는 세상

새삼 나에게 물어보면

얼굴이 뜨겁다

늦지 않았다고 위로하면서

이제부터라도

가슴을 열어 보이고

네가 들어와

놀 구석을 만든다면

너는 찾아와 놀아 줄까

너에게

고마운 사람 되어

그리워할 사람으로 살아야겠다

늦었다고 생각하지 말고

지금부터라도

그래야겠다

훗날

내 노트에 남겨질 말 중

하나 올리라 하면

고마운 사람으로 살았다는 말을

찾아 올리게

훔치며 사는 세상

기도- 긴 터널을 걷고 있는 처제에게

버스를 타면
운전석 옆 두 손 모아
하늘을 향에 기도하는
이름 모를 그림
그땐 그 그림의 의미를 몰랐다

언제부터인가
가슴에 무거운 일이 생기면
하늘을 향해
손을 모아 간절하게
기도하는 습관이 생겼다

석가모니불이든, 예수님이든
누구라도
나의 기도를 들어준다면

간절하게 두 손 모으는 버릇

웃는 모습 보고 싶어서
나도 웃고 싶어서

훔치며 사는 세상

인생이란 마차는 가는 방향을 말해 주지 않고 안개 속을 달리는 것이다. 가는 도중에 잠시 쉬어 가는 곳에 피어 있는 꽃들의 향기를 맡고, 그 향기에 취할 여유가 없다면, 글을 쓰지 못할 것이다.

진솔하게 다듬어서 한 편의 시를 쓸 때, 기억을 모아 생각을 쓴다는 것은 영혼을 표현하는 것이다. 삶에 녹아든 거친 인생을 살지 않는 사람이 있겠는가. 아침마다 쓴 글을 하나씩 꺼내 퇴고 작업을 하고, 다시 읽기를 여러 번 반복하고 나면, 지나간 시간들이 나를 마중하는 느낌은 말로 표현하지 못하는 뭉클함을 선물해 준다.

그래서일까! 시집을 내면서 내가 쓴 글을 읽는 사람들도 공감했으면 하는 기대를 해 본다. 극히 주관적인 것이라 전부 그렇게 할 수는 없을지는 몰라도, 몇 편의 글만이라도 공감대가 형성되었으면 좋겠다.

나의 이야기와 우리들의 이야기를 담아, 네 번째 시집은 올가을에 낼 생각이다. 우리의 만남이 계속되길 바라며….